D0575024

LA FLOR DE ORO

UN MITO TAÍNO DE PUERTO RICO

Por Nina Jaffe
Ilustraciones de Enrique O. Sánchez
Traducción al español de Gabriela Baeza Ventura

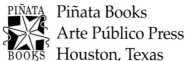

PIÑATA BOOKS Piñata Books
Arte Público Press
Houston, Texas

La publicación de *La flor de oro: Un mito taíno de Puerto Rico* ha sido subvencionada en parte por la ciudad de Houston por medio del Concilio de Artes Culturales de Houston / Condado de Harris y por el Exemplar Program, un programa de Americans for the Arts en colaboración con el LarsonAllen Public Services Group, fundado por la Fundación Ford. Les agradecemos su apoyo.

¡Los libros Piñata están llenos de sorpresas!

Piñata Books
An Imprint of Arte Público Press
University of Houston
452 Cullen Performance Hall
Houston, Texas 77204-2004

Jaffe, Nina
　　La flor de oro: Un mito taíno de Puerto Rico / narrado por Nina Jaffe; ilustraciones de Enrique O. Sánchez; traducción al español de Gabriela Baeza Ventura.
　　　　p.　cm.
　　Summary: This myth explains the origin of the sea, the forest, and the island now called Puerto Rico.
　　ISBN-10: 1-55885-463-0
　　ISBN-13: 978-1-55885-463-5
　　[1. Taino Indians—Legends. 2. Tales—Puerto Rico. [Taino Indians—Legends. 2. Indians of the West Indies—Puerto Rico—Legends. 3. Creation—Folklore. 4. Folklore—Puerto Rico.] I. Sánchez, Enrigue O., ill. II. Title.
F1969.J33　1996
398.2'097295—dc20
[E]
　　　　　　　　　　　　　　　　　　　　　　　　　　　　92-42364
　　　　　　　　　　　　　　　　　　　　　　　　　　　　CIP

∞ El papel que se usó en esta publicación cumple con los requisitos del American National Standard for Information Sciences—Permanence of Paper for Printed Library Materials, Z39.48-1984.

6 7 8 9 0 1 2 3 4 5　　　　0 9 8 7 6 5 4 3 2 1

Para Dania Vásquez —gran amiga, talentosa maestra— amiga de mi corazón.
—N.J.

Para mi editor, Soyung Pak
—E.O.S

La autora agradece a Otilio Díaz, director de La Casa de la Herencia
Puertorriqueña en la ciudad de Nueva York, que revisó los detalles, precisión histórica
y lingüística del texto. Un agradecimiento especial también para Mari Haas
del Teacher's College, Columbia University, por su apoyo y estímulo.

La isla de Puerto Rico, hace mucho tiempo, se llamaba Boriquén. Así la llamaron las primeras personas que vivieron allí, los taínos. De vez en cuando, las familias de una villa taína dejaban de trabajar y se reunían para celebrar un areíto. Bailaban y cantaban toda la noche. Los jóvenes y los viejos se reunían en un gran círculo y escuchaban historias de magia y de maravillas, de héroes taínos y de cómo las cosas llegaron a ser lo que son.

Mientras leas este libro, imagínate que tú también estás sentado en este círculo mágico en una cálida noche tropical. El viento sopla entre las palmeras, las estrellas brillan en el cielo y el cuentacuentos empieza a tejer un mito antiguo, un cuento taíno de hace mucho tiempo. . . .

Al comienzo del mundo, no había agua en ninguna parte de la tierra. Sólo había una montaña en un ancho llano desértico.

No había plantas verdes. No había flores. Toda la gente vivía en lo alto de esta montaña.

Un día, un niño salió a caminar por la tierra árida al pie de la montaña.
Al agacharse en busca de comida, algo flotaba en el aire. Estiró la
mano y lo atrapó. Era una semilla. Una semilla pequeña y color café.
Puso la semilla en su morral.

Al día siguiente, salió a caminar y una vez más encontró algo que flotaba en el aire. Era otra semilla. Día tras día juntó las semillas hasta que se llenó el morral. Ya no cabían más. Y el niño se dijo:

—Voy a plantar estas semillas en lo alto de nuestra montaña.

Plantó las semillas y esperó. Una mañana, apareció una hojita verde.
El niño observó. Desde lo profundo de la tierra, un bosque empezó a
crecer en lo alto de la montaña.

Toda la gente vino a ver. Era un bosque de flores de muchos colores,
un jardín mágico de hojas verdes y ramas gruesas. El niño estaba
feliz.

En la mitad del bosque, al pie del árbol más alto, creció una planta que se enredó en el árbol.

Y de esa planta creció una flor más bella que ninguna otra. Una flor brillante con pétalos de oro.

Y de esa flor apareció algo nuevo en el bosque. Algo que parecía una pelotita.

—¡Mira! —gritó el niño—. ¡Algo está creciendo de la flor!

Mientras la gente se reunía para mirar, la pelotita creció y creció hasta que se convirtió en un gran globo amarillo que brilló como el sol. Aún cuando caminaban sobre la tierra árida al pie de la montaña, la gente la podía ver brillar en lo alto de la montaña.

Una mujer dijo: —Si pones la oreja cerca del globo podrás escuchar ruidos adentro.

La gente escuchó. Se podían escuchar sonidos extraños y murmullos.

Pero nadie sabía lo que estaba escondido adentro.

A la gente le dio miedo. Después de eso, todos se mantuvieron alejados. Incluso el niño.

Un día, un hombre que caminaba por el llano vio el globo de oro.
Dijo: —Si ese globo brillante fuera mío, yo tendría el poder del sol.
Podría encender el cielo o hacer que cayera la oscuridad. —Y corrió
hacia el globo, escalando la montaña rocosa.

Del otro lado de la montaña, otro hombre vio el globo brillante, y él también dijo: —Quiero que ese globo sea mío. Me dará grandes poderes. —Él también empezó a correr.

Ambos hombres escalaron rápidamente la montaña. Cada uno encontró un sendero que los llevaba al árbol.

Los dos corrieron sin parar hasta llegar al globo dorado al mismo tiempo. Pero lo que encontraron no era un globo. Era la fruta de la flor de oro: una calabaza.

Los dos hombres empezaron a pelear y a discutir.

—¡Es mía! —dijo uno.

—¡No, es mía! —dijo el otro.

Cada uno agarró la calabaza. Ambos la empujaron y la jalaron.

Empujaron y tiraron hasta que . . .

. . . finalmente, se quebró la planta. La calabaza empezó a rodar por la montaña más y más rápido, hasta que chocó con una piedra afilada y se reventó.

¡ZUUM! Olas de agua se derramaron de la calabaza. Se formaron burbujas y espuma en el agua. Las olas empezaron a cubrir la tierra, inundando el llano, creciendo más y más.

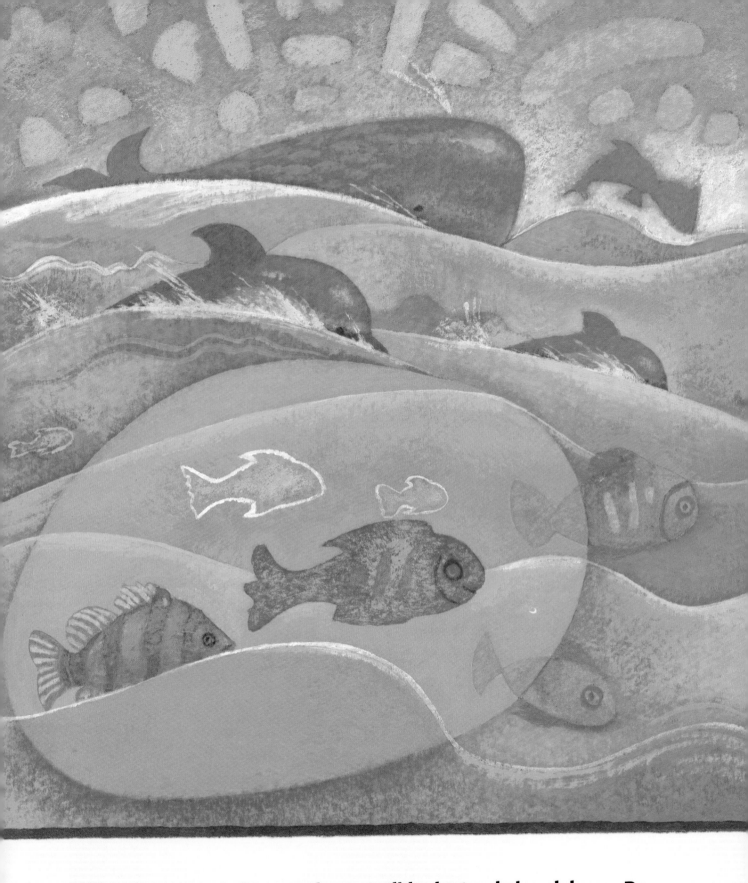

Era el mar lo que había estado escondido dentro de la calabaza. De ahí salieron ballenas, delfines, cangrejos y peces luna. Toda la gente corrió hacia lo alto de la montaña para esconderse en el bosque de hojas verdes.

—¡¿Se cubrirá toda la tierra?! —exclamaron.

Las olas seguían creciendo más y más alrededor de la montaña.

Pero cuando el agua llegó a la orilla del bosque mágico que el niño había plantado, se detuvo.

La gente se asomó por detrás de las hojas. ¿Qué fue lo que vieron?
Pequeños riachuelos que corrían entres los árboles. Una playa de
arena dorada. Y el amplio y abierto océano brillando a su alrededor.

Ahora la gente podría beber de los refrescantes riachuelos y bañarse en las sinuosas olas. Ahora podrían pescar y sembrar sus cultivos.

Al brillar el sol, el niño reía y cantaba mientras la brisa hacía susurrar las coloridas flores entre las hojas verdes. ¡El agua había llegado a la tierra!

Así fue como, dicen los taínos, que entre el sol y el brillante mar azul nació su isla, su hogar —Boriquén.

Las conocidos historias del folclor mundial de **Nina Jaffe** incluyen *Patakin: World Tales of Drums and Drummers* (Cricket Books, 2001) y *Tales for the Seventh Day: A Collection of Sabbath Stories* (Scholastic, 2000). Sus libros han recibido los premios Sydney Taylor, Anne Izard Storrytellers' Choice y el Smithsonian Notable Book.

Entre sus obras más recientes se encuentran una serie de libros para lectores jóvenes basados en las aventuras de DC Comics Wonder Women (HarperCollins, 2004). Nina Jaffe es miembro de la facultad de posgrado de Bank Street College of Education. Vive en la ciudad de Nueva York con su esposo Bob y su hijo Louis.

Enrique O. Sánchez es un artista talentoso y un reconocido ilustrador con varios libros, entre ellos *Big Enough/Bastante Grande* de Ofelia Dumas Lachtman (Piñata Books, 1998). También es dueño de una extensa colección de tambores. Como conguero y artista, comparte su pasión por el arte y la música con su hijo, Aron, quien también es músico y artista. Vive en Vermont con su esposa, Joan, una bailarina de danza moderna.